rororo

rororo

Mit Zeichnungen von Dieter Loewe

Elke Loewe

Nichts leichter als das ...

Ein Buch mit Piggeldy und Frederick

Rowohlt Taschenbuch Verlag

Originalausgabe
Veröffentlicht im Rowohlt Taschenbuch Verlag,
Reinbek bei Hamburg, September 2007

Umschlaggestaltung any.way, Cathrin Günther
(Illustration: Dieter Loewe)
Satz ITC Legacy, PostScript
bei KCS GmbH, Buchholz bei Hamburg
Druck und Bindung Clausen & Bosse, Leck
Printed in Germany
ISBN 978 3 499 24556 5

Piggeldy wollte wissen, wie man lacht.
«Frederick», fragte Piggeldy seinen großen Bruder, «Frederick, zeig mir, wie man lacht.»
«Nichts leichter als das», antwortete Frederick. «Komm mit.»
Piggeldy folgte Frederick.

Sie liefen wie immer hintereinander auf dem Deich. Der gefrorene Schnee raschelte unter ihren Füßen, und der letzte Winterwind wehte salzig vom Meer.
«Wann lachen wir endlich?», fragte Piggeldy ungeduldig.
Frederick drehte sich nach Piggeldy um. «Lachen ist ziemlich schwer», sagte er, «aber Lachen ist auch gesund.»

«Und warum müssen wir für Gesundlachen so viel laufen?», fragte Piggeldy.
«Wart's ab», sagte Frederick.
Piggeldy trabte missmutig weiter.
«Ich will jetzt aber sofort lachen», rief er nach einer Weile.
«Na gut», sagte Frederick. Er blieb stehen und wackelte mit den Ohren.
Piggeldy lachte nicht.
«Nun lach doch», sagte Frederick.
«Sehr komisch», sagte Piggeldy.
Frederick machte einen Knoten in seinen Ringelschwanz.

Piggeldy lachte nicht.
«Nun lach doch mal», sagte Frederick.
«Interessant», sagte Piggeldy.
Frederick schielte.
«Vom Schielen kriegt man schlimme Augen», sagte Piggeldy ernst.
«Lach endlich!», schrie Frederick.
«Worüber?», fragte Piggeldy.
Frederick lief wütend weiter.
«Ach, wie gern hätte ich gelacht», seufzte Piggeldy.

Frederick stolperte über einen Maulwurfshaufen, fiel hin und streckte alle vier Beine in die Luft.
Piggeldy fing sofort an zu lachen.
«Du siehst aus wie ein vollgefressener Mistkäfer», prustete er.
«Pfui Deibel», schimpfte Frederick und stand stöhnend wieder auf. «Schadenfreude ist eine böse Freude.»

Piggeldy hüpfte vor Freude auf und ab und überkugelte sich, bis auch er alle vier Beine in die Luft streckte. Da vergaß Frederick sein Stöhnen und lachte und lachte und konnte gar nicht wieder aufhören damit.
«Siehst du», sagte Piggeldy und sprang wieder auf die Beine, «Lachen ist gesund.»
«Papperlapapp», rief Frederick. «Ich lache nur, weil ich mich über die schöne Natur freue.»
«Natur?», fragte Piggeldy aufmerksam.
«Ach, nichts weiter von Bedeutung», sagte Frederick, um Piggeldy abzulenken.
«Natur?», fragte Piggeldy noch einmal. «Sag mir, was ist Natur?»
«Nichts leichter als das», sagte Frederick. «Komm mit.»
Piggeldy folgte Frederick.

Sie liefen weiter, und es war eine milde Märzluft rundherum, nur der Frühlingswind zauste in den Weiden.
«Natur ist», sagte Frederick, «Natur ist,

wenn alles wächst und grünt und blüht und tiriliert.»
Piggeldy sang still vor sich hin.
«Im Märzen der Bauer die Rösslein anspannt.
Er setzt seine Wiesen und Felder instand.»
«Unsinn!», schnaufte Frederick. «Wenn der Bauer heute noch Pferde hat, dann benutzt er sie zum Reiten.»
«Und womit pflügt der Bauer?», fragte Piggeldy.
«Mit dem Trecker», erklärte Frederick.
«Wie schade», seufzte Piggeldy, «wenn der Bauer mit dem Trecker pflügt, können wir nicht mehr die lieben Singvögelchen hören.»
«Der Bauer ist gar nicht da», sagte Frederick.
«Lass uns lauschen.»
Piggeldy und Frederick stellten ihre Ohren auf und schlossen ihre Augen und wollten in der milden Märzluft die Singvögel hören.

«Ein Köter», sagte Piggeldy.
«Ein Polizeiauto», sagte Frederick.
«Eine Sirene», sagte Piggeldy.
«Ein Hubschrauber», sagte Frederick.
«Ein Motorrad», sagte Piggeldy.
«Ein Auto», sagte Frederick.
«Ein Trecker», sagte Piggeldy.
«Was wolltest du eigentlich wissen?», brüllte Frederick.
«Was Natur ist», schrie Piggeldy.
«Natur ist Stille», brüllte Frederick.
«Stille?», schrie Piggeldy. «Sag mir, was ist das denn?»
«Nichts leichter als das», sagte Frederick. «Komm mit.»
Piggeldy folgte Frederick.

Sie liefen jetzt auf dem Weg für besondere Ereignisse und ließen die Felder hinter sich. In den Hecken brach sich der Wind.
«Stille», sagte Frederick, «Stille ist ...»
Da wurde er von einem lauten Knall unter-

brochen, und über ihnen donnerte ein Düsenjäger hinweg.
«Das war Laute», sagte Piggeldy.
«Blödsinn», sagte Frederick. «Eine Laute ist ein Musikinstrument.»
«Was ist dann das Gegenteil von Stille?»
«Lärm», sagte Frederick.
«Dann», sagte Piggeldy, «war das eben lauter Lärm.»
Sie liefen weiter und gelangten bald in die Gegend, wo sich gewöhnlich nur noch Hase und Igel gute Nacht sagen, und es dauerte nicht mehr lange, da waren sie im Wald. In einem Baum über ihnen schimpfte ein Eichelhäher.
«Halt's Maul», rief Piggeldy. «Wir wollen nämlich die Stille hören.»

«Halt du bloß selbst den Schnabel», meckerte Frederick.
«Ich hab keinen Schnabel», brüllte Piggeldy.
«Wenn du weiter so schreist», rief Frederick, «dann haut die Stille endgültig ab.»
«Stille!», schrie Piggeldy. «Stille, wo bist du?!»
Der Eichelhäher im Baum begann gleich noch lauter zu schimpfen. Piggeldy erschrak.
«Vielleicht», flüsterte er nach einer Weile, «vielleicht war ich zu laut.»
«So ist es», flüsterte Frederick. «Stille hat keine Wörter.»
«Dann wollen wir jetzt die Stille einfangen», flüsterte Piggeldy.
Piggeldy und Frederick legten sich neben eine Mauer und horchten so lange in sich hinein, bis sie endlich in der Stille die Stille hören konnten.
«Frederick», flüsterte Piggeldy nach einer Weile, «Frederick, sag mir, was sind Wörter?»
«Nichts leichter als das», flüsterte Frederick.
«Komm mit.» Piggeldy folgte Frederick.

Sie liefen weiter und erreichten den Saum des Meeres. Ringsum war das Land grün und platt, und der Seewind strich um ihre Nasen.
«Es gibt Hauptwörter, Nebenwörter, Stichwörter, Wörtersee, Seewörten ...»
«Das heißt Seewarten», sagte Piggeldy.
«Oh, Verzeihung, das war nur ein falscher Buchstabe», sagte Frederick. «Also, es gibt viele Wörter, Sprichwörter ...»
«Was sind Sprichwörter?», fragte Piggeldy.
«Du musst mir die Sachen schon ordentlich erklären.»
«Wie es in den Wald hineinschallt, so schallt es auch wieder heraus», sagte Frederick.
«Lenk nicht ab», meckerte Piggeldy. «Sag einfach frank und frei, wenn du was nicht weißt.

So dumm bin ich nicht, dass ich das nicht merke, ich bin nämlich ein schlaues kleines Schwein.»

«Hochmut kommt vor dem Fall», sagte Frederick.

Während sie weiter oben auf dem Deich gingen, dachte Piggeldy lange nach. Er lief voran, drehte sich um und betrachtete seinen Bruder.

«Armer, dicker Frederick», sagte er, «dir fehlen einfach die Worte, mit denen du mir erklären kannst, was Sprichwörter sind.»

«Pah!», sagte Frederick. «Sprichwörter sind Sprüche aus Wörtern.»

«Dann muss es Sprüchwörter heißen», sagte Piggeldy frech. «Du bist ziemlich schlecht in Deutsch.»

«Worte sind Schall und Rauch», sagte Frederick hochnäsig. «Und jetzt lass mich in Ruhe. Das Spiel ist aus!»

«Es hat doch gerade erst angefangen», sagte Piggeldy traurig, «und schon willst du nicht mehr mit mir sprüchen.»

«Aller Anfang ist schwer», sagte Frederick, «und außerdem heißt es sprechen.»
«Dann können wir ja einfach am Ende mit den Sprechwörtern anfangen», freute sich Piggeldy.
«Ende gut, alles gut», sagte Frederick.
Piggeldy sah zum Himmel.
«Es gibt Regen», sagte er traurig, «und das nennst du gut?»
«Sich regen bringt Segen», sagte Frederick fröhlich und sprang auf und ab.

Piggeldy sah Frederick mitleidig an.
«Mein armer Bruder Frederick ist verrückt geworden», sagte er, «und dabei sah er heute Morgen noch ganz frisch und rosig aus.»

«Morgenstund' hat Gold im Mund», rief Frederick noch fröhlicher und sprang um Piggeldy herum. «Frisch gewagt ist halb gewonnen.»
«Ich wollte nur wissen, was Spröchwürter sind», sagte Piggeldy.
«Das ist Bildung», sagte Frederick und wurde vor Stolz immer dicker, «Wörterbildung.»
Piggeldy fühlte, wie er langsam schrumpfte und ganz klein wurde.
«Lerne sie beizeiten, dann hast du sie in der Not», sagte Frederick tröstend.
«Ich wusste gar nicht, dass du in Not bist», sagte Piggeldy frech und wurde wieder größer.
«Not kennt kein Gebot», erwiderte Frederick.
«Wenn man Spruchwärter nur in der Not braucht, will ich gar nicht mehr wissen, was das ist», sagte Piggeldy. «Es tut mir leid, lieber Bruder, dass ich dich danach gefragt habe.
«Geteiltes Leid ist halbes Leid», sagte Frederick. «Wenn ich dir zum Beispiel jetzt einen Hund zeige, und du kannst einfach nicht so schnell vor ihm weglaufen, und wenn er dich

beißt, dann nehme ich dir die Hälfte von deinem Leid ab.»
Piggeldy rannte so schnell er konnte den Deich hinunter.

«Außerdem heißt es Sprichwörter», rief Frederick ihm nach.
«Was ist ein Hund?», fragte Piggeldy schlotternd. «Kannst du mir das erklären?»
Frederick war ganz aus der Puste und schlotterte ebenfalls.
«Nichts leichter als das», antwortete Frederick. «Komm mit.»
Piggeldy folgte Frederick.

Sie liefen durch die Gegend der Kiefernwälder, und der Wind rauschte in den Nadeln.
«Hunde, die bellen, beißen nicht», sagte Frederick. «Ehrlich gesagt, hab ich nämlich auch Angst vor Hunden.»
«Angst?», fragte Piggeldy. «Du hast Angst? Und trotzdem willst du mir einen Hund zeigen?»

«So bin ich eben», sagte Frederick. «Edel, hilfreich und gut.»
Sie liefen beide weiter und durchquerten immer noch die Kiefernwälder.
«Mit Hunden ist das so», erklärte Frederick. «Erst kläffen sie, dann kommen sie aus Gartenpforten herausgejagt und beißen einem ins Bein.»

«Das verstehe ich nicht», sagte Piggeldy.
«Kinder müssen nicht alles verstehen», sagte Frederick. «Hauptsache, wir Erwachsenen wissen alles.»
«Wenn ich mal groß bin», sagte Piggeldy, «dann erkläre ich meinen Ferkeln alles ganz genau. Beispielsweise, was ein Hund ist.»
Der Hund war da und saß im Garten.
Frederick schlotterte.
«Er hat aber ganz liebe Augen», sagte Piggeldy.
«Ha!», sagte Frederick. «Der wartet nur darauf, dass er uns beim Fahrradfahren ins Bein beißen kann.»
«Du kannst ja gar nicht Fahrrad fahren», sagte Piggeldy.
«Eben», sagte Frederick, «aber wenn wir es täten.»
«Und was ist ein Fahrrad?», fragte Piggeldy.
«Kannst du mir das sagen?»
«Nichts leichter als das», antwortete Frederick.
«Komm mit.»

Sie durchquerten eine Siedlung und liefen jetzt weiter nach Süden, wo die Sonne hoch am Himmel stand, und kein Lüftchen regte sich in den Zweigen der Bäume.
«Ein Fahrrad ist, wie der Name schon sagt – ein Fahrrad ist ein Rad zum Fahren», erklärte Frederick.
«Sehr interessant», sagte Piggeldy spitz, «darauf wäre ich natürlich nie gekommen.»
«Sei froh, dass du mich hast», sagte Frederick.
«Warum heißt es nicht», fragte Piggeldy nach einer Weile, «warum heißt es nicht ein Fahr zum Raden?»
«Das Wort raden gibt es nicht», erklärte Frederick.
«Und warum nicht?», fragte Piggeldy.
«Weil es noch niemand erfunden hat», sagte Frederick.
«Dann hab ich es ab sofort erfunden», sagte Piggeldy.
«Niemand wird dich verstehen», sagte Frederick.

«Macht nichts», sagte Piggeldy, «dann ist es mein Geheimwort. Ich bin nämlich ein Worterfinder.»
Piggeldy und Frederick wanderten jetzt weiter südöstlich, und Piggeldy sang still vor sich hin.
«Ich radel auf meiheinem Fahrhar, und mein Fahr, das radelt mit mir, radelt mit mir.»
«Das Wort radeln», sagte Frederick und drehte sich um, «das Wort radeln wurde schon erfunden.»
«Macht auch nichts», sagte Piggeldy. «Ich tu einfach so, als ob ich es nicht wüsste.»
Ein Mann fuhr auf einem Fahrrad vorbei.
«*Das* ist ein Fahrrad!», sagte Frederick.
«Zu und zu dumm, dass du dir so viel Mühe

gegeben hast», sagte Piggeldy. «Fahrräder kenne ich schon. Ich wollte wissen, was ein Rennrad ist.»
Frederick seufzte tief auf.

«Ich habe es satt, deine unendlichen Fragen zu beantworten», sagte er. «Lass uns einmal nur still dahinwandern.»
Diesmal dauerte es eine Weile, bis Piggeldy es nicht mehr aushielt, stumm hinter Frederick herzulaufen.
«Frederick», sagte er, «mein liebster Bruder Frederick, nur eine klitzekleine Frage könntest du mir beantworten. Was ist unendlich?»
«Nichts leichter als das», antwortete Frederick. «Komm mit.»

Sie liefen lange auf Stegen und Wegen, und der Sommerwind wehte über die Getreidefelder. Piggeldy wurde ungeduldig und fragte: «Wann hört der Weg denn nun endlich auf?»
«Wege hören niemals auf», antwortete Frederick. «Wir könnten Tage und Nächte, Monate und Jahre und vom Frühling bis zum Winter laufen, und wenn wir damit nicht aufhören, laufen wir unendlich lange weiter und weiter.»
«Sag das noch einmal», bat Piggeldy. «Es hat sich so unendlich schön angehört.»
«Unsinn!», sagte Frederick. «Schönheit ist nicht unendlich. Schönheit ist vergänglich.»
Piggeldy sah Frederick nachdenklich an.
«Aha, so ist das! Früher warst du mal ein schönes Schwein.»

«Richtig», sagte Frederick und sah stolz auf seinen dicken Bauch, «ein sehr schönes Schwein.»
«Und jetzt», sagte Piggeldy, «bist du nur noch ein Schwein. Schönheit ist nicht unendlich.»
«Wart's ab, du wirst auch mal alt», sagte Frederick beleidigt. «Aber sieh dir zum Beispiel die Waldwiese an, sie ist unendlich schön.»
Piggeldy betrachtete die Wiese.
«Na ja», sagte er, «wenn der Bauer kommt und die Waldwiese abmäht, dann ist sie Heu.»

Frederick überlegte. «Zugegeben, das war ein schlechtes Beispiel», sagte er. «Also mach die Augen auf und sieh dir die Sonne an.»

«Sie ist unendlich heiß», sagte Piggeldy und kniff schnell die Augen zusammen.
«Bravo, du hast es endlich begriffen, was Unendlichkeit ist», freute sich Frederick.
«Genau», sagte Piggeldy schlau. «Also laufen wir jetzt Tage und Nächte und Monate und Jahre, und vom Frühling bis zum Winter, bis wir irgendwann bei der Sonne angekommen sind, denn was schwein sieht, das kann nicht so unendlich weit weg sein.»
«Geh mir aus den Augen», schimpfte Frederick. «Du bist eine unendliche Nervensäge!»
«Wo soll ich denn aus deinen Augen hingehen?», jammerte Piggeldy. «Etwa auf deine Nase?»
Frederick sah sich um.
«Auf die Wiese mit den Blumen», sagte er.
«Was ist eine Blume, Frederick?», fragte Piggeldy. «Kannst du mir das erklären?»
«Nichts leichter als das», antwortete Frederick. «Komm mit.»
Piggeldy folgte Frederick.

Sie liefen jetzt in nördlicher Richtung auf dem Deich. Der Sommerwind begleitete sie weiter, und es war ein herrlicher Tag.
Frederick sang ein wenig. «Die Blümelein, sie schlafen schon längst im Mondenschein ...»
«Ich seh nur Sonnenschein», unterbrach Piggeldy.
«... sie nicken mit den Köpfchen auf ihren Stängelein.»
«Es heißt», sagte Piggeldy, «Blume, Kopf und Stängel!»
«Das ist ein Kinderlied», sagte Frederick, «und für Kinderlein werden gern solche Wörterchen genommen.»
«Ich werde es mir merken, Frederickchen»,

sagte Piggeldy. «Würdest du mir bitte jetzt trotzdem sagen, was eine Blume ist?»
Frederick schnaufte unwillig.
«Also, es gibt», brummte er, «es gibt Eisblumen, Wunderblumen, Strohblumen, Blumentapeten, Blumensträuße, Pusteblumen, Blumenhüte, Blumengärten, Blumenkleider, Kleiderstangen, Stangenbohnen, Bohnensuppe, Suppentopf ...topf ...topf?»
«Topfblumen», sagte Piggeldy.
«Richtig!», sagte Frederick.
Sie liefen weiter, und am Wegesrand standen kleine weiße Blumen.
«Oh, was für schöne Blümelein», sagte Piggeldy.

«Quatsch», sagte Frederick, «das sind Blümchen, Gänseblümchen.»
Piggeldy sah Frederick mitleidig an. «Ich glaube», sagte er besorgt, «mein armer großer Bruder Frederick hat einen Vogel.»
Frederick schnaubte empört auf.
«So ein Schimpfwort», sagte er, «benutzen nur die Menschen!»
«Mach dir nichts draus», sagte Piggeldy fröhlich, «ich weiß schon, was ein Vogel ist.»
Mit hocherhobener Nase ging Frederick weiter.
Piggeldy folgte ihm nachdenklich,
bis er stehenblieb.
«Frederick», fragte Piggeldy vorsichtig,
«Frederick, sag mal, was sind überhaupt Menschen?»
«Nichts leichter als das», antwortete Frederick.
«Komm mit.»

Sie liefen und liefen mit dem Herbstwind, mal kam er von vorn und kühlte ihre Nasen, mal von hinten und kühlte ihre Schwänze.

«Menschen», sagte Frederick, «Menschen haben zwei Augen, eine Nase und einen Mund.»
«Aha», sagte Piggeldy.
Sie gelangten an eine Straße, auf der viele Fahrzeuge hin- und herfuhren.
«Sind das Menschen?», flüsterte Piggeldy.

«I wo!», sagte Frederick. «Menschen haben nicht vier große Räder.»
«Ich werde es mir merken», murmelte Piggeldy.
Gleich darauf kam ein Bauer auf einem Trecker vorbei.
«Ist das ein Mensch?», rief Piggeldy.
«Unsinn!», sagte Frederick. «Ein Mensch hat nicht zwei kleine Räder vorn und zwei große hinten.»

Limo-Cola
Limo-Cola
Limo-Cola
Limo-Cola
ola
Limo-Cola
Gebr. Schrauderett GmbH
11307

«Das ist doch ein Mensch», freute sich Piggeldy. «Er hat Augen, Nase und Mund.»
«Die haben wir auch», sagte Frederick. «Aber wir sind trotzdem keine Menschen.»
Piggeldy wurde traurig.
«Erst versprichst du mir, Menschen zu zeigen», sagte er, «aber dann haben sie alle bloß Räder oder zu viele Beine.»
«Wart's ab!», sagte Frederick. «Wir werden bestimmt noch ein paar Menschen sehen.»
Beide hielten nun fleißig weiter Ausschau und sahen viele Kinder auf Rollschuhen daherkommen.
«Alles Menschen», jubelte Piggeldy, «lustige kleine Menschen.»
«Niemals», stöhnte Frederick, «Menschen haben keine Rollen unter den Füßen.»
Piggeldy wurde nun noch trauriger. In einem fort fuhren Autos, Lastwagen und Busse vorbei.
«Da sind bestimmt überall Menschen drin», sagte er zaghaft.

Frederick schüttelte entschlossen den Kopf. «Früher», sagte er, «früher gingen die Menschen noch auf zwei Beinen.»
«Früher war alles besser», maulte Piggeldy. «Man konnte Menschen herumlaufen sehen, und im Winter gab es Schnee.»
Frederick dachte nach.
«Vielleicht», sagte er schließlich, «vielleicht sitzen die Menschen ja alle in ihren Häusern.»
«Häusern?», murmelte Piggeldy und blieb stehen.

Aber Frederick war schon aus dem Dorf hinausgetrottet. Es dauerte eine Weile, bis Piggeldy ihn eingeholt hatte.
«Was sind Häusern?», fragte er.

«Das Haus, die Häuser», sagte Frederick und lief schnell weiter.
«Du hast aber Häusern gesagt», schimpfte Piggeldy.
«Das ist eben Menschensprache», erklärte Frederick. «Die ist manchmal schwer zu verstehen. Eigentlich heißt es Haus.»
«Und was ist ein Haus?», fragte Piggeldy. «Erklär mir das bitte mal.»
«Nichts leichter als das», antwortete Frederick, «komm mit.»

Sie liefen in ein Dorf. Die Blumen in den Vorgärten waren schon verblüht und dufteten nicht mehr, und ein kalter Herbstwind wehte.
«Ist das etwa ein Haus?», fragte Piggeldy.
«Sozusagen ja», sagte Frederick, «ein völlig normales Haus.»
«Und warum hat das völlig normale Haus so viele Löcher?», fragte Piggeldy.
«Damit die Menschen rausgucken können», sagte Frederick.

«Und warum haben sie Holz und Glas in den Löchern?»
«Sie nennen das Fenster», sagte Frederick.
«Fenster kann man öffnen.»
«Komisch», sagte Piggeldy. «Erst machen sie jede Menge Löcher rein, dann machen sie die Löcher wieder zu, damit sie sie wieder aufmachen können, und dann hängen sie zerfransten Stoff hinein.»
«Das ist kein zerfranster Stoff», erklärte Frederick, «das nennen sie Gardinen.»
«Da könnte man so schön dran schaukeln», sagte Piggeldy versonnen.
«Lass das bloß», brummte Frederick, «Menschen verstehen keinen Spaß.»

«Guck mal», sagte Piggeldy, «da ist ein großes Loch ohne Gardinen.»
«Das ist die Haustür», sagte Frederick, «und Türen sind zum Zumachen da. Dafür haben sie ein großes Brett.»
«Stimmt», sagte Piggeldy. «Als ich hier einmal so entlangwanderte und noch nicht wusste, dass hier Häusern sind ...»
«Häuser», berichtigte Frederick.
«... da schrie jemand: Knall die Tür nicht so zu!», fuhr Piggeldy fort.
«Das sagen sie den ganzen Tag zu ihren Kindern», erklärte Frederick. «Erwachsene denken nämlich, sie machen die Tür leise zu, nur Kinder knallen sie.»

Piggeldy seufzte. «Einmal in meinem Leben möchte ich auch eine Tür zuknallen.»
«Schweinekinder machen so etwas nicht», sagte Frederick.
«Und wenn ich es doch heimlich tu?», fragte Piggeldy.
«Dann bist du ein gemeines kleines Schwein», sagte Frederick.
Piggeldy überlegte einen Augenblick.
«Was ist gemein?», fragte er.
«Keine Fragen mehr im alten Jahr!», stöhnte Frederick.
«Keine Fragen mehr im alten Jahr?», jammerte Piggeldy. «Nie mehr?»
«Erst im neuen Jahr wieder», sagte Frederick.
«Du bist ja so gemein!», rief Piggeldy.
Sie ließen das Dorf hinter sich und wanderten bald wieder auf dem Deich. Es gab keine Schafe, keine Gänse, nicht einmal Menschen, Hunde oder Häuser. Piggeldy stapfte verdrossen hinter Frederick her, und ihm fiel lange keine einzige Frage ein, bis er irgendwann

schlau sagte: «Ich glaube, jetzt gerade eben hat das neue Jahr begonnen.»
«Papperlapapp», sagte Frederick. «Vor dem neuen Jahr kommt immer der Advent, merk dir das!»
«Advent?», fragte Piggeldy. «Woher soll ich wissen, was Advent ist.»
«Das weiß doch jedes Kind!», sagte Frederick.
«Nur ich armes kleines Schweinekind», jammerte Piggeldy, «ich weiß nicht, was Advent ist.»
«Nichts leichter als das», antwortete Frederick. «Komm mit!»
Piggeldy folgte Frederick.

Sie liefen durch einen dunklen Tannenwald. Der Himmel oben war noch hell und klar, und der Weg unter ihren Füßen wollte kein Ende nehmen.
«Wir haben uns verlaufen», klagte Piggeldy. «Es wird schon dunkel.»
«I wo!», sagte Frederick. «Tannenwälder sind immer dunkel.»

«Ich will aber wieder Licht sehen», jammerte Piggeldy.
«Wart's ab», sagte Frederick.
«Warten, warten», sagte Piggeldy. «Immer warten. Warten auf das neue Jahr, warten, dass du Advent erklärst, warten auf irgendwas.»
«So ist es», sagte Frederick. «Wir warten.»
«Auf Schnee würde ich gern warten», sagte Piggeldy freudig.

Sie liefen weiter durch den dunklen Tannenwald, und auf einmal stand dort ein Haus einfach und einsam so herum.
«Frederick», flüsterte Piggeldy. «Frederick, da brennt ein Licht.»

«Advent, Advent, ein Lichtlein brennt», sagte Frederick leise, «erst eins, dann zwei, dann drei, dann vier ...»
«Warum?», flüsterte Piggeldy.
«Die Menschen warten auf das Christkind», flüsterte Frederick, «und sie warten auch, dass es draußen wieder heller wird, und manchmal singen sie beim Warten auch so schöne Lieder wie ‹Vom Himmel hoch, da komm ich her›!»
Piggeldy sah hoch zum Himmel, und eine Schneeflocke fiel auf seine Nase.
«Es schneit», flüsterte er versonnen.
«Das hab ich natürlich erwartet», flüsterte Frederick, «weil Advent die Zeit der Erwartung ist.»

«Advent mag ich», flüsterte Piggeldy, «da schreist du nicht so herum wie sonst manchmal.»
«Sei froh», flüsterte Frederick, «dass du kein Menschenkind bist. Die Menschen geraten im Advent oft ins Schwitzen und Schreien, weil sie so viele Weihnachtsgeschenke kaufen müssen.»
«Wir beide müssen nichts kaufen», flüsterte Piggeldy glücklich. «Wir haben ja uns und den Schnee.»
Sie liefen weiter durch den leise fallenden Schnee. Der Tannenwald schimmerte hell in der Dunkelheit.
«Und worauf warten wir jetzt?», fragte Piggeldy schlau.
«Auf das neue Jahr», antwortete Frederick.
«Ich armer kleiner Piggeldy weiß leider nicht, wann das neue Jahr beginnt.»
«Nichts leichter als das», antwortete Frederick, «komm mit.»
Piggeldy folgte Frederick.

Sie liefen lange auf dem Deich entlang und gelangten in die Gegend der eisernen Brücken, da lagen viele schlafende Schiffe im Matsch, und der Winterwind sang in den Masten.
«Ich bin ja so traurig», sagte Piggeldy.
«Warum bist du so traurig?», fragte Frederick.
«Ich bin so traurig, weil die Schiffe nicht mehr schwimmen können», sagte Piggeldy.
«Jetzt ist Ebbe», sagte Frederick. «Aber auf jede Ebbe folgt wieder eine Flut, genau so, wie auf das alte Jahr das neue Jahr folgt.»
«Ich bin immer noch traurig», sagte Piggeldy.
«Ebbe und Flut kommen immer wieder, aber das alte Jahr kommt niemals wieder zurück.»
In diesem Augenblick wurde es über den Schiffen hell. Bunte Blumen zischten in den Him-

mel, manche zerplatzten wie Seifenblasen, andere fielen wie ein Regenbogen auf das Wasser. Es knallte und krachte von nah und fern.
«Frohes neues Jahr, lieber kleiner Bruder Piggeldy», sagte Frederick. «Was bist du doch für ein Glücksschwein, dass du mich hast.»

«Frohes neues Jahr, lieber großer Bruder Frederick», sagte Piggeldy, «aber wenn du mich und meine Fragen nicht hättest, müsstest du immer allein herumlaufen.»
Und Piggeldy und Frederick gingen fröhlich miteinander nach Hause.

HERTA

1971 schlug Tilmann Loewe, drei Jahre alt, an jedem Morgen putzmunter die Augen auf und fing an, eine Frage nach der anderen zu stellen: Er nervte gewaltig. Seine Opfer waren die Eltern und Bruder Jan. Tilmanns Fragen gaben die Initialzündung für die Zeichentrickserie «Piggeldy und Frederick», die *Elke* und *Dieter Loewe* in Hohenmoor bei Bremervörde für das «Sandmännchen» produzierten. Bis zu seinem Tod 1998 zeichnete Dieter Loewe 145 Folgen, immer mit den Texten von Elke Loewe. Piggeldy und Frederick waren erfolgreich, und sie sind es immer noch. Heute sehen sich die kleinen Fans der ersten Geschichten zusammen mit ihren Kindern die Wiederholungen im Fernsehen an. Neue Folgen sind in Arbeit.

Das letzte Bild in diesem Buch, auf dem Piggeldy und Frederick das neue Jahr erwarten, hatte Dieter Loewe 1997 für einen Film gezeichnet, den er dann nicht mehr produzieren konnte. Und weil das Feuerwerk darauf noch fehlte, hat Ursula Asher-Winzentsen es für dieses Buch gemalt.